哲学的瞌睡

孙颙 著

上海文艺出版社

目录

哲学的瞌睡　1

创作谈：为什么瞌睡？　127

附录：评论两则　141

哲学的瞌睡

一

不可能发生的事情,突然冒个泡,就有了石破天惊的感觉,为最具杀伤力的新闻。

作为本报首席记者,我相当清楚,其中"突然"一词,乃分量特重的要素。不管何等古怪稀奇的消息,若半遮半露,反复折腾,一旦掀开盖头,多半失去了吸引眼球的新鲜感。

我,一脸淑女相,笔挺端坐,凝望着桌子对面的主编,聚精会神,倾听他下达任务。心中翻腾的,却是上述飘忽的念头。

"去母校跑一趟吧,才女施!"只要单独谈话,主编就收起了领导的腔调,言语中,不再夹带长长的拖音,变得直截了当;且眉宇闲散,情绪非常轻松。他是高我两年的大学校友,喜欢搬出我的绰号,是当年男生们不怀好意的恶作剧。我姓施,起初,他们发明的称呼是"才女西施"。我听着,怪怪的,那几个字眼,让人联想到"豆腐西施",几次怒目相对,他们才简化为"才女施"。我奈何不得,不至于为个绰号老是发火,只能不予理睬,由他们叫去。

主编笑眯眯地观察着我,见我一脸疑惑,补充道:"采访你的师兄啊,刚刚晋升的大校长,看他喂你点什么料!"主编乜着眼,话里藏话地调侃:"他是你永远不变的倾慕者,不会让你空手而归!"

我讨厌他暧昧的眼神。男人,哪怕身居高位,逮住机会,也喜欢意淫吗?我没有顶嘴,只是含糊地"嗯"了一声。在男性权势强大的地盘,装聋作哑,常常是最好的自我保护。

窗外,哗哗地下着暴雨,把玻璃砸得噼里啪啦;窗户被雨水洗得模糊不清,连对面的大楼,也只剩下高处残缺的影子。这样的鬼天气,跑二十多公里路,就算自己开车,也够呛。

主编继续神采飞扬地道:"莫校长脑子够快,给你们古教授祝寿,热闹热闹罢了,竟然奇兵突起,搞一个哲学与金融的跨界论坛。眼下,金融危机,热点,热点啊,哲学傍上金融,高,绝对高手!"

古教授,我的导师,也是新任校长莫明的导师,海内外知名的大学者。我心里想,主编耳朵够长,他又不是哲学系的,我们系筹备的事情,他为何一清二楚?

按照本来的计划,我明天才去母校参加活动。如果不是因为母校浸淫在奇特的新闻里,这样的大雨天,我肯定懒得出发。想不去,对付主编——这个经常把"校友"挂在嘴边的领导，有的是推脱赖皮的办法。我心里窃窃私语，主编还不晓得母校刚爆发的特大新闻哩，否则，他的兴奋点八成会大转移。此事件，突然性十足，不折不扣，属爆炸性新闻！

我站起身，走近窗台，装模作样，瞧瞧外面的天色，长长地吐出气来，双脚在橙黄色的地板上磨蹭，一脸老大的不情愿。心里寻思：母校，特别是我们哲学系，眼下肯定乱成一锅粥。我不妨跑去近距离观察，很有意思的，这样，与主编派下的任务一拍两合。莫校长么，正处于漩涡中心，很想看看他如何表演。

至于采访，即使他荣升校长，也引不起我多大兴趣。距离产生神秘感，对大人物，或不大不小的人物而言,绝对真理！莫明校长，太熟悉了：白白净净的圆脸，经常洋溢着温和的微笑；精致的金丝边眼镜，显示出脱俗的身份；说话不慌不忙，实乃标准的知识型干部。我坐在报社里，大体猜得出他会说点啥道道，谁让我们是师兄妹呢！莫明最大的优势，口才出众。我的先生，妒忌地形容过莫明的嘴唇，说它们像东北人的手擀饺子皮，薄薄的，却弹性十足；天下新出炉的话语，凡被这两片嘴唇抓到，加进学术和政治的高汤，辅之以抑扬顿挫的演说，必然发挥得淋漓尽致。座谈改革，他能由商鞅变法讲到康梁上书；讨论法治，他会从大秦律法扯到美国宪章。这是一种难得的本事，若非学富五车，实难仿造。从多如牛毛的书呆子中，莫明脱颖而出，自有不二法门。口若悬河，滔滔不绝，那风采，那才气，在我还是研究生女娃时，颇有几分魅惑力。现在整天跑东跑西，见过的优秀男人多了去，耍嘴皮的功夫，未免看淡了些。

我回转身，看看主编，很认真地抱怨："下这么大雨，二十几公里的苦差事，你单挑我啊？总该给点奖励吧。"窗外的风，正把树叶刮得哗哗响，树枝黑乎乎地摇曳，产生呼啸山庄的感觉。我的视线定格在窗玻璃上，自言自语道，"路不好走，估计今天赶不回来了！"

主编双手一摊，背脊舒适地靠在高高的椅背上，哼哼笑道："不回来？打算彻夜长谈啊！行啰，你不必赶回报社，我批准，有稿子，发回来就行。也算配合莫校长搞的讲坛。至于奖励，"他歪歪嘴，甜腻腻地道，"我给你评首席记者，对得起小师妹啦。这次，让你师兄好生招待，彻夜长谈，美死他！"

我瞪他一眼，懒得接口，讨厌他没完没了的无聊。我正处于情感的静默期，对任何男人没有感觉。延续了十来年的婚姻，面临无疾而终的境遇，心中是狼藉遍地的空虚。

二

雨点，急速地打向挡风玻璃。车内车外温差明显，密密的白雾升起来，弥漫到车窗玻璃的角角落落，像涂了层薄薄的乳漆；雨刷忙乱地刮动，发出辛苦的咕咕声响，还是不顶用，刮得落水花，仍去不掉雾罩。雾气粘在玻璃的内侧，越积越厚，视线模糊起来。我赶紧打开车辆的去雾键，一股股温暖的气流，徐徐喷出，由下而上扩展，渐渐把白雾驱散开去。道路前方，全部在暴雨笼罩之下，灰蒙蒙的，雨区无边无际。近处的道路，好歹看清了。

　　这条路，我读研究生时，走过无数次，一直是挤在人肉罐头似的公交车里。炎热的夏季，车厢内充溢着汗水的酸臭，熏得人想吐，却没法闪躲。现在，开着帕萨特，屁股坐在柔软的皮椅上，当然舒服。在风雨交加的时刻，外面的世界变得狰狞恐怖，躲进密封度甚高的车厢内，与狂暴的自然隔离开；放一点莫扎特的音乐，营造纯属个人的小圈圈，情绪顿时松弛，把着方向盘的双手，也不那么紧张了。

这辆车是先生——日益离我远去的先生——送我的礼物，同时，也是我们矛盾逐步尖锐起来的见证。他是我研究生时的同学，一起师从古教授。先生取得硕士学位后，多年在社会科学院工作。当然是清贫的差事，哪里有钱买车？他经常抱怨，穷得"亚历山大"（压力山大），在父母亲戚面前没脸面。种种唠叨，让我的耳朵起茧，说硕士选读哲学，是人生最大的错误，说我们的学科被社会边缘到极点，一点花头没有。我不爱听他叹苦经。男人喜欢抱怨，是没出息、没定力的表现。我说，钱多钱少，够用就行。他不以为然地反驳，那你一门心思跟着古教授啃书本啊，何必跑到报社搞新闻，还不是因为做记者收入高？这话实属小心眼！当初，因为常写点思辨类的小文章，我被报社看中，诚意邀请我加盟。我犹豫不决，正是古教授极力鼓动，才帮我拿定主意。他批评我人生阅历浅薄，从小学读书开始，中学大学一路上来，社会经验接近于零。哲学，是对世界高度抽象的学问。视野狭窄，生活单纯，是哲学研究者之大忌。他说，像费尔巴哈那样，躲在乡下，做不知人间精彩的哲学家，怕是难了。行千里路，读万卷书，缺一不可。他认为，搞搞报业不错，四处跑跑，多看看尘世，多接触各色人等，绝对有益。

　　二十二岁那年，我在中文系读完大四，考研究生，思虑再三，选到古教授门下。当时，成为校内一大新闻，中文系的男生们愤愤不平，说哲学系抢了他们的系花。攻读哲学硕士博士的，一般人看来，应该是脑容量超人的须眉；其中，偶尔有个把女生，被口舌毒辣的男生形容起来，十之八九，是缺少雌激素的圣女。在他们眼里，我算美丽的异类。很快，我发现，自己糊里糊涂掉进诡异的漩涡，被动地成为哲学系男子们角力的对象。我从来不觉得自己颜值多高，也很少刻意修饰，追求的是学业不输于他人。那一阵，我无意中与哪位师兄多聊几句，竟成为哲学系男生们的谈资。据说，某人与某人还设了赌局，看哪个抢先得手。好像我注定是哲学系锅里的肉，逃不脱他们的天罗地网。想想可悲，理应投入学术研究的智慧，竟烂在了猎色上面。其中，大师兄莫明的紧逼，还有古教授儿子的穷追，让我头疼，最难以应对。

为了避免处于越来越尴尬的境地，在多次难堪的煎熬之后，我被迫决定，在哲学系的男生中挑选一位，充任自己的保护人。我的婚姻，正是如此，很不浪漫地起航了。现在想来，我选中这位先生的原因，主要是他年龄与我相仿，看上去单纯些，比其他老谋深算者，让我多份安全感。当时，绝对不会想到，两人志向、情趣的差异，最后会发展到完全不和谐的地步。

我把决定告诉了古教授，我信赖他。

那天的情景，我一直记得。上午，教授的书房，书桌旁，阳光和煦，老师坐在宽大的藤椅中，他喜欢如此闭目养神。藤椅，被岁月打磨得光滑油亮，空落落地圈住了精瘦的老人。我们学生知道，此时的他，并非瞌睡，只是入定般漫步在自己的思维中。我安静地伫立在他身旁，站了好一会。老师没有睁眼，轻轻说一句："来啦，坐下谈。"我没有像往常那样傍着他坐下，依旧站立在藤椅旁，最后，颇为羞涩地说出了想法。教授听罢，几秒钟后，抬起眼帘，慈爱地望着我，沉吟片刻，才缓缓吐出四个字。老师说话，向来简约。当时听着，我觉得，老人送了我一句祝福："原来是缘。"我听着，一阵温暖的风拂过身子，忐忑的心，顿时安稳下来。

很久以后，当和先生的裂痕渐渐明显，我才对那天的感觉产生疑惑。我读了本佛学书，书中有一句禅，"缘来是缘，缘去非缘。"老师讲话的习惯，不求穷尽，常留余味。那天，莫非他仅说了前四字，而略去后四字？可惜，我不敢冒昧向老师求证，不愿用乱麻似的情感，搅动他的宁静。

三

手机的音乐铃声急促地响起来。看看屏幕，是留在母校任教的师妹来电。她自愿充当我的线人，常给我送一点学校的花边消息。一早，我睡眼惺忪，正是她的来电，通报了新冒出来的特大新闻：我们的老师，哲学系的国宝，八十五岁的古教授，竟然离奇地失踪了。

这样的鬼天气，我不敢边开车边接

听电话，只得把车子停在了路边。雨大，又不是交通高峰，通往母校的道路，显得冷寂，车辆稀少，临时停车，也没警察管。

师妹的嗓门特尖，"事情越发荒唐啦。古教授没找到，古公子带头闹起来！"

古公子，是古教授唯一的儿子，当年我的追求者之一。古教授的老伴去世后，儿子总是与老爸闹别扭，早就搬出去住。我问："他闹点啥？"

师妹道："他能闹啥？担心老爸的财产丢啊！"

"财产？有甚财产！"我很惊讶。

据我知道，古老头素来两袖清风，连一般文人喜欢的字画文物也从不收藏。至于存款，原先是他老伴管的。妻子去世后，儿子顺势接管。除了每月的工资打在银行卡上，儿子拿不走，其他财物，早就不在古教授的控制下。古公子还有啥可闹？

师妹在电话那端冷笑，"我们当然想不到！古公子贼精，他听说老爸失踪，回来就是翻箱倒柜地查，然后直接找莫校长报案，说古教授最贵重的手稿不知去向，那玩意，他说值几百万，还可能上千万，要求学校立刻报公安。"

我倒吸口冷气，浑身一个哆嗦。这

样的儿子，真做得出！

报公安？儿子出老爸的丑？亏他敢说！

我听明白了，古公子牵挂的，是古教授最新一部哲学专著的手稿，书名《哲学的瞌睡》，古教授花十年时间撰写而成，评述世纪之交，世界文化、思想的流变。我曾经向老师求教，为何取这么别致的书名？古教授笑笑，淡淡地答道，人类思想潮流，若干年形而上多些，若干年形而下多些。导师说话，简约得直指核心，是否听懂，有赖对方悟性。我随老师久了，熟悉他的语境，听到此处，对他著述的大立意，顿时有所领会。

　　书稿已经交出版社发排，近期即可见书。那手稿实在珍贵，十万余言，古教授用蝇头小楷书写而成。出版社不敢拿这样的手稿发排，是我们几位学生，用照相机一页页拍了，送到编辑手中。我曾经问教授，你从来没有用毛笔字著述的习惯啊。他含笑回答，当今哲学冷门，有的是闲暇，慢慢写，慢慢想，权当修身养性。古教授的小楷，娟秀端庄，在书法界颇有名气，十万字，厚厚一摞毛边纸，光书写工夫就难以估摸。消息外传后，有土豪托中间商上门，十万字的手稿，开价二百万。据说，收藏名家手稿，是眼下的热门。此类物件，比画作更为稀缺，又难以仿制造假，颇得藏家青睐。古教授精致的小楷手稿，实属罕见，出此价，算物有所值。古教授听罢商人来意，哈哈一笑，"价格不错，不错。眼下，不急，不急。等我缺钱，再谈吧。"不伤和气，把中间商打发了。现在看来，古公子倒是上心了，惦记着那笔价值几百万的资产。

"他脑子有病！老爸人在，凭什么报公安？"我愤愤说。

"他担心有人拐走老爸，顺便把几百万一起拐走！"师妹也愤愤道。

"担心谁？"我兀地一惊。

"他猜疑的人，是照顾教授的老阿姨呗！他早就放过风声，担忧古教授一时糊涂，给他找个后娘。唉，古教授生出这般儿子，早晚活活气死！"

我心中纳闷。教授的手稿，在拍完照片后，是我亲手藏好，安置在书房的漆木箱中，怎么会丢失？当时，我顺口问教授，箱子要上锁吗？教授笑笑，摆摆手道："几张写过的毛边纸，锁它干吗？"不过，若说是阿姨做了手脚，我无论如何不相信。那么多年，一个人的心地，早就看明白了。

我为无锡阿姨叫冤。老实巴交、从来没有歪心思的女人，竟被古公子如此糟蹋！我问师妹："莫校长如何答复？"

师妹说："这件事情，他脑子算是清楚，立刻把古公子顶了回去。说是眼下赶紧找教授，报案是万万不可的！"

听到这里，我不由松了口气。能做到校长，自有一番功夫，分析思维能力，当然在古公子之上。

四

重新发动汽车，继续去母校的行程。

风雨的势头比刚才弱了些，雨点打在挡风玻璃上，淅淅沥沥，声响小许多，雨水丝丝地淌着，不再是雾茫茫一片。

暴雨洗涤下的公路，车辆稀少，路面空荡。我的心跟着空落落，无比苍凉的感觉。

人和人，关系非常密切的人，轻而易举，变得形同陌路。难怪，古教授在八十五岁高龄，临近生日前夕，会学老托尔斯泰的样子，断然离家出走。有一个不成器的儿子，还有一个曾经最受器重、现在贵为校长，却明显不对心思的学生，老人的晚景，难见风和日丽。老师天性洒脱，整日里神游天外，内心，着实是凄凉。

播下良种，收获的是杂草？古教授一生沉浸在形而上的学术里，他的得意门生和他的儿子,是否陷进了形而下的泥潭?那个正与我闹离婚的先生,何尝不是如此?

莫明和古公子,又齐刷刷登台了。

他们,像生命中摆脱不了的幽灵!当年,若不是他们所逼,我也未必会走向这段婚姻。到今天,品尝着无穷的后悔与伤感。

我考上古教授的研究生时,内心无比欢喜。转型中的中国社会,社会矛盾错综复杂,有太多的事情看不懂。中文系四年,读书不算少,充溢爱情乳汁的甜腻腻的文学本本,读起来滋味浓郁,放下书本,眼前的世界,依旧混沌、繁杂。难以回避现实的困惑：由崇拜精神到荒唐地步的国度，一步跨入金钱无处不在的社会，连短暂的过渡也省略了；文化的纽带，被生硬地切断，群体意识，由紊乱而至对立。众多无解之题，让各种等级的家庭和个体，经常性地处于茫然不安的状态。古教授是著名的学者，有大智慧的老先生，桃李满天下，能拜到他的门下，是我这个中文系学子明智的抉择。我期望，在老人智慧的润泽下，我能够寻找到安顿心灵的天地。

哪里知道，逃离文学书本情感的甜腻，又荒谬地陷入男女情欲的漩涡。读大四时，追求者也不少。量身定制的情诗，把我美化得出奇，似乎上天入地难寻，经常悄无声息地进入邮箱。那时我的抵挡之法简单，坚决装聋作哑，不搭腔，不理睬，过些日子，对方自然知难而退，偃旗息鼓，找别的赞美对象去了。哲学系的男生们，好像有理工男的犟劲，不屈不挠，盯上你之后，哪怕你全身铠甲，他们仍顽固地不肯退后半步。

最让我害怕的，有两个人：一位是古教授的公子；另一位，是古教授过去的研究生，当时已经荣任哲学系主任的莫明。

莫明是有过婚姻史的，那一阵刚刚离婚。他开始追我时，铁齿铜牙地告诉我，在钟情我以后，就下决心离婚。我听了不寒而栗，拆散旁人家庭，这样的恶名我承担不起。他结婚离婚，关我啥事？很快，有女同学悄悄告知，我考入哲学系之前，莫明喜欢哲学系大四的一位女生，关系发展到相当暧昧程度，被莫明妻子察觉，闹开来，才被迫有离婚之举。那女生觉得丢脸，毕业后就与莫明断了关系。这时，我刚巧跨系过来，莫明随即盯上了我。听了如此这般的故事，莫明的形象立刻垮了，像烈日照耀下的雪人，灰色的脏水流淌一地。哲学系主任的光环，顿时消散。

生活处处有陷阱？他毕竟是系领

导！我情绪紧张，连连失眠，第一次品尝需要药物帮助入睡的滋味。

很久以后，偶然听得古教授的高见，是对莫明痛感惋惜的评说。他说，莫明绝顶聪明，是他的学生中，天资最高的几人之一。这种天分，用到学术上，可以出大学问。可惜，莫明用错了地方。古教授并不知道莫明在情感方面的浑浊，他所讨厌的，是莫明追求仕途的手段——那顶官帽，成为人生主要目标。对自己的门生，教授解剖得入木三分。有一回，他和我讨论《儒林外史》，对范进之类的儒生，一脸鄙夷。

古公子的追逐，直截了当，更是逃

不得，避不开。那时，古师母在病中，严重的心脏病，医生要求绝对静养。我们去古教授家求教，总是轻手轻脚，惟恐吵了师母。古公子不在乎，有几回，在走廊上逮住机会，连起码的礼节也不讲，上来就是熊抱，嘴里只念叨简单的句子，"爱你，爱死你了！"莫明刻薄过他，说他继承的全部是父母的糟糕基因。话虽然毒，但是，你不得不承认，在古公子身上，几乎看不到智者古教授的丁点影子。那种情景下，我何等难受，拼命挣扎，躲闪着喷到耳边的雄性气息，使劲推开浑身蛮力的汉子，还要担心教授和师母听到声响。后来，我几乎不敢单独进古教授的家门，进去了也不愿走动，连想上厕所，都憋着不动。

有一回，我陪古师母去医院看病，她担忧地谈起儿子。她说，"文革"期间，古教授多年在农场劳动，她身体不好，孩子一直在外面野，早年缺少教育，后悔啊。我猜她多少知道儿子的粗鲁之举，有打招呼的意味。我无话可答，含糊地应付过去。

某日，莫明郑重邀请，提议去附近的宾馆坐坐，喝杯咖啡。碍于他师兄加领导的双重身份，不答应也不成。那天，他有备而来，闲聊几分钟，即直奔主题，逼我表态，是否和他确立恋爱关系？他说话的口气,直白草率,毫不含蓄,像是谈一桩生意,或者,文雅一点,是安排下属的某个学术项目,总而言之,没有任何情感交流的过程,只需要我表示"yes or no"。比我大十几岁的男子,鹰一般锋利的目光,粗野地逼视着我,渴望看见我的慌乱和顺从。如果我不知道他的精彩故事,在贴身紧逼的进攻面前,也许,我会手足无措。但是,那会儿我足够清醒,必须给他坚决的答复,以免更多的纠缠。我说,不可能!他不甘心,反复追问原因。他认为自己的学术地位、官场前途摆在那里,没有女生能轻易拒绝。我干脆回答,从来没有考虑过。他继续追问，今后也不考虑？我勇敢地抬起双眸，没有躲避他的目光，肯定地点了点头。他的脸色顿时阴郁起来，眼神变得冰冷。我想明确我们之间的界限，补充了一句："莫主任，你不要再约我，让别人看见不好——"听到这里，他的目光不再含情脉脉，竟露出了让我害怕的敌意。他横我一眼，用手指猛蘸咖啡，在桌面上写了个大大的"古"字，然后咬牙切齿地说："哲学系追你的人，你一个也看不上眼，你就是盯住他，想等师母的位置空出来？你，做梦吧！"说完，他起身走人，路过吧台，丢了张大钞在服务生面前。

目瞪口呆的我，可怜巴巴地僵在咖啡座上。那一刻，我内心的苦涩，与浓咖啡的味道搅和在一起，折腾着肠胃。思维混乱之中，突然想到英国文学经常抨击的假绅士。如果面对女子的拒绝，依旧彬彬有礼，没有恼羞成怒，那种风度，才弥足珍贵。

喝咖啡之后，莫明确实不再纠缠，他是极为理智的男子，行事为人，拿捏得精准。见我态度坚决，知道没戏，心有不甘，还是悻悻然放下。毕竟，在他的人生征途上，有分量更重的东西要追求，不值得在一个小女子身上消耗太多。偶然见面，倒也恢复领导状态，坦然自如，似乎从来没有发生过什么不愉快。据说，他曾经告诫失恋的师弟，不要因缠绵痛楚而失态。他认为：五步之内，必有芳草！君子何须为女人戚戚，忘了吧。

我则被他无耻的话语震撼。咖啡店谈判之后，我哭了一夜。早晨醒来，渐渐拿定主意，尽快在追求者中选择一位可以信赖的先生，公开我的护花使者。既是为了摆脱古公子一类的麻烦，也是怯于被莫明点破的危险——并非我真有如此心魔，而是恐惧世俗的猜忌。我确实热爱古教授，喜欢他的智慧与豁达，喜欢静静地陪伴他，听他随便聊天。他言语简短，令我脑洞大开。那种崇敬，除了面对自己父亲，从未在其他男性身上产生过。不过，我绝对没有莫明指称的阴暗心思，我一直祈祷师母康复，继续陪伴古教授的人生。

　　我的婚姻，一半是莫明和古公子他们促成的。在十多年以后回望来路，脉络显得很清晰。往事如车窗前的雨丝，飘飘洒洒，牵扯不尽。我的心，随着马达微微颤动，无声地哀怨叹息。

五

　　帕萨特缓缓开进母校大门。暴雨终

于收场。教学大楼的上方,悠然亮出一片蓝天,几朵绵羊状的白云,还有一团乌黑的雨云,在空中顶牛似的拥挤。天气的变化,真是快速,雨,说来就来,说走就走。比起人的情感,收放自如。

车轮从湿润的路面上轻轻滑过,发出令人愉悦的沙沙声。柳树的枝条弯弯地垂挂,晶亮的水滴潇洒地飘落,淋湿了没有打伞的女孩的头发。我想起读书时的雨中漫步。还是本科的几年轻松,没有读研时那等麻烦。

车速放慢了,可以看清路旁的招贴长廊,很醒目的一张,粉红色的底板,是哲学系的海报,正是明天开张的论坛预告:"金融危机与哲学视角",标题下面,还有几个粗黑的大字,像是副标题。我脚下带了刹车,把左侧的窗打开大半,才看清楚了,论坛果然有个副题,仅仅五个字眼,挺抓人。"丧钟敲响了",我嘴里念叨着,心中纳罕,原来没有听说过这个副题啊。莫明的脑子灵,点子多,真让人来不及跟!

教授对莫明的不满意,我早就感觉到。前两年,老校长奉命去联合国某机构工作,莫明以副校长身份主持校务。他雄心勃勃,希望由此大展宏图,说是应当证明自己不虚此职。当时,最热门的话题是改革创新。莫明组织班子写文章，自称敢于吃螃蟹，敢于涉足深水区，在学校里大刀阔斧推进改革。大会小会，慷慨激昂；变法创新之类的词儿，口头禅似的挂在薄嘴皮上。在市教委组织的交流会上，莫明的长篇发言，曾引起广泛关注，我们的报纸也跟踪采访报道。古教授知道后，却大为不满。那天，我去看望他，刚进门，教授便责问，你们报纸动不动脑筋，莫明的怪话，你们也敢大字标题推出？古教授指着摊在书桌上的报纸，正中央，有被做成标题的莫明原话："像经营企业那样经营大学！"那次采访，是别的记者所为。我委婉地为同事作了辩护。我说，现在搞市场经济,学校学习企业一套,不得已而为之啊。古教授勃然变色:像经营企业一样经营大学?哪里拾来的牙慧?荒唐!大学是培养创造性人才,还是培养商贩?最让他气恼的,是破墙开店,校园里生意兴隆,运输车辆络绎不绝,到处弥漫着炸鸡烤肉串的味道。他愤愤地说,世界上哪家名校是这么搞的?他说,对于社会而言,厨师和跑街缺不得,不过,那不是我们名牌大学的职责。他一巴掌按住莫明的宣言,"不伦不类!"他给那个标题下了定论。我看他愤愤不已的神色,哪敢再辩,乖乖听训,代莫明挨批。

很少见教授发脾气。我理解,心爱

的学生，与他渐行渐远，让他有说不出的难受。待气息稍平，他坐到藤椅中，语气回归学术性的表述。他说，中国文化的源头，是大气的。"天行健"、"地势坤"，乃"天人合一"，何等的气度。"无为而治"，王者之势；"中庸之道"，操行要义。可惜，明末朽腐，继以清的三百年蛮横，大气消耗殆尽；辛亥以后，战乱不止，一波三折，更令文化断层；多重压力与诱惑之下，知识精英，渐失胸怀、方正，反受市井熏陶，变得圆滑而猥琐，势利而极端。

一席教诲，掷地有声，让我回味无穷。

原先，教授还只是不满，有机会发发牢骚。现在则釜底抽薪，在莫明设计的论坛开张前夜，教授干脆玩起失踪，用意清晰，让莫明下不了台。这一招，厉害。就我熟悉的导师性格而言，算石破天惊，奇峰突起，完全出乎我的意料。

我并没置身事外，称得上古教授的半个同谋。老人信任我啊。他多次说，我是他的关门弟子。莫明若知道我参与古教授的阴谋，会恨不得撕了我。

昨天中午，我在报社食堂用餐。正咬着喷香的鱼排，手机铃声不合时宜地响起来，一看，是古教授的号码。五指在纸上擦擦油腻，赶紧放下吃的接听。

那边，是照料古教授的阿姨的声音。她说一口温婉的无锡话，听着挺舒服。师母过世后，先生全靠她悉心照料。阿姨脾气好，做事细致，与我也谈得来。她告诉我，古教授已到了报社大楼的门厅，要我过去，有急事找我商量。我听罢大吃一惊。教授属于闲散之士，懒于应酬和社交，几十年以校园为活动半径，把他拖出来走走，吃顿饭，都很难得。今天不请自来，有什么情况？

出了电梯，远远地，就看见教授的鸭舌帽漂浮在人头济济的前方。那是他标志性的符号。我急忙跑到他身旁，见他气定神闲，脸色红润，不像有多大麻烦事，悬着的心才算放下。门厅里，来来往往的人多，声音嘈杂。我说："老师，去我办公室坐坐。"他挡开我搀扶的手，稳稳坐定在门厅的长椅上，表示不愿动弹。他说："你帮忙找个干净的宾馆。我累了，想立刻休息。"我被他搞糊涂了。为什么要去宾馆休息？我说，我的家就在近处，是否过去歇息？古教授摇摇头，他执拗地要去宾馆。

阿姨把我拉到一边，语气紧张地告诉我，早上，起床不久，教授执意立马离家，说是外出散心，要找家宾馆住几天。她实在劝不住，只得说她办不来酒店的事，劝他来找我，让我帮助找住处。

阿姨知道，在诸多学生中间，教授最信任我，所以希望我能劝说老人，还是回家里去。"匆匆出来，生活用品也没有准备，怎么过？"阿姨担心地说。

教授生性开朗，师母患病多年，早早离他而去，即使心情非常糟糕时，也不见他折腾旁人。现在，算唱哪一出？我猜，其中必有蹊跷。我坐到教授身旁，慢慢询问，很快，把来龙去脉搞明白了。

前一天夜里，莫明去古教授家，通报论坛和纪念活动的筹备情况。没说几句，师生俩就谈僵了。莫明告诉老师，这次活动，规格甚高，海外的学生，请回来三十几个，国内的更是几百了。答应参加论坛开幕活动的,有各领导部门的代表,至于媒体的记者,自然要来一大帮,贵宾云集啊。古教授对莫明的计划一直不起劲。他知道,学生们全是忙人,凑起来要耽误多少事情?莫明哄他,邀请书写明白的,各位随意,能来的就聚聚,绝对不勉强。古教授听了,才不置可否,随他去张罗。现在一听,这个架势,闹大了,惊动四面八方,还有众多领导,就很不乐意。端详着莫明递上来的策划书,教授开始生气。他问莫明:"为什么扯上金融?你懂这个?"莫明打哈哈,"懂点皮毛,不过,现在的热点是金融,金融界有兴趣,还赞助了很多经费。"教授听罢,把海报往桌子上一丢,"噢,是拿哲学系换钱,还是拿我老头子换钱?"莫明不乐意了,再三解释,赞助完全是人家主动,是一家金融期货交易公司,没有附带条件,因为哲学界讨论金融,少有,新鲜。他这么讲,教授的反感丝毫没有减少,他对搞学术的追逐时尚和热闹,向来保持警惕。他说,这个论坛搞不搞,由不得他老头子说三道四,不过,最好把他的名字从海报上拿掉,他搞不懂现代金融花哨的架构,不愿意凑合。莫明当下表示为难。他说,宣传已经做出去,收不回来;再说,海内外的学生们,统统是冲着古教授教学科研六十年这名头过来的,如何能够拿掉。古教授听罢,很尖锐地问了一句:"你计划周详,我难逃此劫?非得把我摆在上面,算你安排的钟馗?"莫明被老师训得尴尬,又不便多争,只顾反复耐心劝说,软硬兼施,无论如何请教授帮忙,出场坐坐,让事情圆满办成。

古教授越说越生气,问我:"你这个师兄着啥魔?他当了校长,还想怎么地?还想做更大的?"教授用手指点点空中,继续说:"他搞这套,是为我?我年纪大了,脑子没有完全糊涂。他不就是想博个眼球,挣点高分,捞些本钱?"

我不得不承认，教授年事虽高，对世道人心的观察，依然深入骨髓。校友中，了解莫明的早就议论，莫明的自负，岂是一个校长了得？在此任上，他总会折腾点名堂，为进一步的攀升垫好脚跟。我劝教授，人各有志，犯不着为他动肝火。老师说，不是我挑他刺，是他不让我安生：亏他想得出，要赞助钱的期货公司聘我做顾问。如果他们搞雷曼兄弟那一套，不是让我跟着背黑锅？！我一惊，莫校长还有这一招？！教授回答，他花花点子太多，说是大胆创新，学校与金融的战略合作，教授们帮助企业提升文化形象，企业用资金回报教学。说白了，拿钱买人的名字呗。我摇头、苦笑，莫明把算盘拨弄到自己老师身上，实在可恶！老师的脾气，一辈子超然物外，把他赶到金钱圈里，着实难为他了。教授哼哼，眼不见为净，出来散几天心，任它花开花落，随它风来雨去。我说，我家安静，去住两天吧。我没说出我的先生已经离家出走，何苦让老人操心此类杂事？教授坚决摇头，"我跑出来，把校长先生得罪大了，再不能把你牵扯进去。给我找个宾馆吧，普通些的，不要豪华的。"教授的脾气我清楚，拿定主意的事情，谁也劝不转。最后，我不得不依了他，在离报社不远的地方，找家干净的小宾馆,将他与阿姨安顿下来。

眼下,在莫明的管辖区域开着帕萨特,想着这里是他说了算,忽然产生异样的感觉,校长人贵权重,无形的法网,在头顶飘荡,随时可以压将下来。他早已不是可以说笑的师兄,也不是当年被我拒绝的追求者。在学校的围墙圈里,谁敢不听他的?

我苦笑着,不由自主地摇头。连莫明的恩师,亦奈何不了他的作为,唯有一走了之。我同时感叹教授的细心。今天见到莫校长,肯定回避不了教授失踪的重大新闻。若是把教授安顿在我家,莫明问起老师可能去了何处,我装傻也心虚啊。我这个人,说假话缺乏修炼,肯定脸红。何况,今后事情难免露馅,再见莫明的面,就难堪不已了。老人想得周到,是在维护我。

六

校长室外面的女秘书,是熟悉的校友,见我到来,自然不拦,只是使个眼色,手指点了点内间。我听出里面声音很吵。我问,校长有客人?她轻声回答,古教授的儿子儿媳,闹得厉害!

哼,这种出息!把老婆拖来一起吵?我从心底瞧不起古公子。那时,听师母说到"文革"期间的事，家庭遭遇苦难，觉得古公子可怜。早年，需要父爱的年龄，古教授偏偏不在身旁，对他也曾有恻隐之心。后来看他一再胡闹，对父亲毫无感情，那点恻隐之心，渐渐消失。当年，我逃避他的追求，是聪明之举。

"莫校长，你赶紧采取措施啊！"是女子尖利的嗓音。我见过教授的儿媳妇，脸蛋有几分姿色，表情则矫揉造作。特别不能听她开口说话。一开口，骨子里的势利就露出来，全没了大家闺秀的模样。"那手稿太值钱了，有好几百万，比我们家的房子还贵。拜托校长了，报告公安，很简单的事，为什么不做呢？"

莫明的声音明显已不耐烦，"我解释几次了，教授留下纸条的，说明是外出散心。怎么可以报案，硬说他失踪？"

"如果是有人逼我父亲留的条呢？"古公子蛮不讲理的声音，"或者，那是有人伪造的纸条？"

莫明分明在冷笑，"你们谍战片看多了吧？瞎说八道！教授的笔迹我还会认错？笑话！"

应付这对夫妻，莫明的智商绰绰有余。我淡淡一笑，问秘书："教授留了条？"

秘书指指办公桌,玻璃板下,确实压了纸条,是古教授的毛笔楷书。他写字从不龙飞凤舞,一律是工整的正楷。"我外出散心,不必寻找!"古教授考虑得周到,他留一短柬,旁人就奈何不得。出门散心,多自在!我好不容易才憋住窃笑。

古公子的嗓门依然很高,"如果家里不丢东西,我自然不着急,偏偏少了贵重手稿。校长你想,他出门散心,会提着那沉甸甸的手稿?"

这个问题,倒是在道上。连我也诧异。教授和阿姨匆忙离家,没见他们带啥东西啊。

里间，莫明没被问瘪，他尖刻地反问："你着急的，到底是你老爸，还是手稿？"

听他们唇枪舌剑，估计一时半会儿结束不了，我又懒得见那对夫妻，就央求秘书向校长通报，我前来采访，希望莫明安排时间接待。说完，我退出了校长室，顾自去食堂解决肚子问题。

从行政楼的台阶往下走。长长的石梯，一阶连着一阶，由天然大理石铺成。有一回，闲得无聊，我仔细数过，足足有十六级台阶。大概是为了让人对大学领导产生足够的敬畏，建造者才把台阶设计得如此壮观。

走到最后一级台阶，雨后耀眼的天光，突破云彩，瀑布似倾泻下来。我没有戴墨镜，双眼被突然袭击般地刺到了。我停住脚步，呆呆地站立着，这时，一阵心酸，从体内深处泛起。我感到好难受，为我所热爱的古教授伤感。不公平啊，很不公平。令人高山仰止的大学者，门生满天下的教授，私人生活，怎么被搅成一团乱麻？不成器的儿子，加上添乱的媳妇，还有，曾被寄予很高期望的大弟子，几个难以切割的身边人，均与他格格不入。难道说，这是命运的平衡？按民间风水轮流之说，教授获得了太多的成就,享受了崇高的荣誉,把好运用完了。月盈则亏,磨砺自来;凡人皆苦,无可幸免?

我傻傻地站着,心里是悠长的叹息。就在那个瞬间,我的悟性洞开。人生本短暂,何必纠结于一时之烦恼——哪怕是天大的烦恼?先生决意离我而去,我还心有不舍,终是自寻无趣。"任它花开花落,随它风来雨去。"我记起教授豁达的快语。跟教授学习多年,能像他一般为人处世,不容易。我咬咬牙,终于做出决定,不再拖延,以免遭受更多的痛苦。先生已经给我发了离婚协议的邮件,我何苦心结难解?今夜就给他复信。愿走，就痛快点走吧。亦无须讨论破裂的来龙去脉。事已至此，争是非曲直全然无益，好合好散，权当十年一梦。生活可以重新开始。

虽然如此想，泪水依旧不听话地溢出眼眶，弥漫在眼瞳上，视线模糊起来。

去年，为了多赚钱，先生决定从社会科学院辞职，跳槽去一家名声显赫的上市公司做董秘。我们结婚十年，有个默契，为了各自的事业，暂时不要孩子。现在，他到了副高，我也有了首席记者的称号，应该是考虑孩子的时候。最要命的是，我临近女子生育的年龄大限，他就不在乎？他选择的新职业，上市公司董秘，必然面对各种应酬，常有灯红酒绿的忙碌，家里怎么办？我反对他去，说不稀罕他赚大钱。他却铁了心肠，声称不想永远做穷书生。凭女人直觉，凭他少有的决断，我感到事情有蹊跷。追问是什么诱惑了他？他骂我小心眼。我说，一点小心眼没有，准是缺心眼的女人。他不肯退却，高傲地保持沉默。恋爱以来，十多年平和、安宁的关系被打破。他执意要去，我坚决反对，冷战开始。就在冷战之中，他气昂昂地去了新公司，走马上任。

为了证明他的决策无比正确，赚钱多多，跳槽后的第三个月，他就买了辆帕萨特给我，说是方便我跑采访。我觉得奇怪，他哪能一下子赚那么多钱？他笑笑，说是正赶上公司做成大生意，大家分奖金，新近入伙的他，跟着沾光。

眼下，我要做出决定，当我们正式分手后，我是否要把车退还他？他没有提这个话题。但是，我有自己的尊严。尽管这车使用率高，已经是我工作的好帮手。

他，一个哲学硕士，到社科院又混了个社会学博士，书呆子做久了，凭啥能耐去上市公司当董秘，拿几十万年薪呢？天上掉馅饼？后来发现，情节并不复杂，他接受院部的一项课题，跑了几家上市公司，与其中一家的董事长关系密切起来。先生认为，对方看中他的才气，希望引进他这个人才，提高公司的文化形象。对此，我深深地表示怀疑。不久，我恍然大悟，有个关键的情节，他故意含糊不说。赏识先生的伯乐，公司的董事长，乃离婚不久的单身女人。他几次醉醺醺回家，到底是工作必须，还是另有故事，我的猜疑，自然有枝有蔓地伸展开来。难怪他对是否要孩子不上心，不着急，原来，他已经另有打算！
"傍富婆！"我想到流行的词语，好恶心！构建一部庸俗故事，基本材料，搭配齐全。他辩解说，上班之后，董事长带他外出谈判，有个博士在身边，特别有面子。我讽刺他，是公司有面子，还是董事长本人开心？他听出话里有话，冷冷回答，随你想吧，一个样。我顺口接上，当然，一家子啊！先生被我吵烦，脱口而出："我本来没有这种念头，你逼我走？！"我立刻呛他："你装傻！你会猜不出对方的钓饵？"

由于双方均不让步，我们的关系降至冰点。最后斩断情感丝缕的吵架，是一个多月前的事情。古教授，是我们共同的导师；莫校长，又是我们的师兄，莫兄早就开始张罗，要在古教授八十五寿辰时，庆祝他从事教学和科研六十周年，搞一次国际性的论坛，把古教授门下的学生召回，热闹热闹。那天，先生回家，告诉我一个设想。他已经说动女老板，赞助几十万，庆祝活动场面上的费用，包括请师长、校友们去饭店聚餐的经费，不成问题。他说这些，多少带点讨好我的味道，因为他知道，我对古教授，敬若父亲。他现在能讨好我的，只剩下钱了吗？看他说得眉飞色舞，压抑已久的怒气热辣辣升腾，控制不住的情绪如洪水决堤般发泄出来，我吼道："你怎么宣布？从哪里乞讨来的饭钱？你的老板娘，那富婆，为什么如此慷慨？"他骂我歇斯底里，我恨他没皮没脸。当时，心中还泛起一句很刻毒的话：哲学系再穷，不吃软饭！此话终于没说出口，因为如此埋汰他，实际是糟践了我自己。双方长时间的怨愤，如火山爆发，终于吵得不可收拾。从本月开始，他已经不回家住。

决裂，终于不可避免。

七

午餐的时候，我给报社主编去了电话，报告母校出现的新情况。我说，对莫明的采访，眼看要泡汤。古教授不见踪影，校长正在火上烤着，不被烤焦就算幸运,哪里有心思闲聊。主编听得此事,在电话那头发呆,一时,只听得电流的嗞嗞声。估计他也是大惊失色。他沉吟许久,八成在判断突发事件。熬了半分钟,他才认真关照,让我别离开,在学校盯着,一旦了解到内幕消息,哪怕下班了,亦赶紧通报。即使报纸无法报道事件的诡异,作为校友,作为古教授的粉丝,他绝对关切此事的走向。

挂断手机,见到短信通知,是校长室的女秘书来过电话。猜想莫明那里有啥安排,赶紧把电话拨了回去。

女秘书甜甜的声音通过天空传来,比当面听着更舒服入耳。她说,按照莫校长的要求，已经为我在专家招待所安排了房间，我过去报个名字，就能入住休息。我受宠若惊。母校的专家招待所，是精致的小宾馆，一般只招待请来的贵客。对外开放，收费不菲。校方邀请来讲学的外国专家，还有国内顶尖的学者、教授到访，才安排在那里住宿。我提高嗓音问，我一个小记者，莫校长为什么这般客气？女秘书笑着回答："你身份特别啊。今天晚上还有小范围的宴请，欢迎从欧洲归来的郭教授。也是你的师兄和好友。莫校长希望你作陪。宴请正是安排在专家招待所的小餐厅。"

  我没有继续客套。我已经猜测到莫

明的用意。我可能成为他处理当前危机的缓冲器。郭教授者，全名郭文，与莫明一样，当年是古教授麾下最被看好的弟子。莫明从政，郭兄则始终在学术方面发展，眼下是德国著名大学的教授，主讲东方哲学思想。郭文的论著，常发表于顶级的学术刊物，赫然已是大家。这次，莫明搞国际论坛，总要有几位重量级的海外学者压阵，自然想到身在远方的郭教授。有庆祝老师教学科研六十年这面大旗，郭兄也不得不回来啊。

　　眼下的局势不妙。古教授突然失踪，舆论哗然；明天的论坛，当是一坎，学生们肯定要向校方提出责问。主事的莫明，处境难堪。稳住名头大的郭教授，必然是他需要采取的策略。今天晚上的欢迎宴会，把我这个小师妹放上去，属莫明挖空心思。当年追求我的哲学系诸君，郭兄亦算一个。他比旁人文雅含蓄，不露声色地追求，我是不失风度地暗拒，不伤脸面，始终保持着良好的师兄妹关系。往事早已云散，旧梦不再，毕竟有那么一段，见了面却是倍感温馨。有我在场，饭局的气氛自然缓和些。莫明的智慧，在这种细节里灵光毕现。

  我被他利用，小事一桩。千不该，万不该，他不能把算盘打到老师身上，辜负了待他如子的恩师，激怒不轻易生气的老人。

我坐在专家楼的底层客厅，等待莫明到来。

秘书又来了个电话通知，说莫校长亲自去机场接郭教授，之前，先弯过来看看我，希望我在房间里等候。我暗自好笑。我有那么重要么？

我想了想，跑到专家楼的客厅候着。宁愿坐在底层等他，而不想让他进我的客房。并非故作矜持。招待所的服务员，已经话中有话，说我是莫校长特地关照的贵宾，有什么需要服务的，尽管招呼。我不想鼓励她们挤眉弄眼的好奇。女人的模样招眼些,此类遭遇就多,有时真不胜其烦。

闲坐无聊,未免发呆。发呆想心事,是我日常生活的内容之一。

莫兄和郭兄,走了两条不同的路。郭文全凭自己的实力,莫明如何?

在莫明荣任哲学系主任之前,他的人生之路,确实是靠自己打拼。他的家庭很普通,在江苏农村长大,通常所谓的贫寒子弟。他幸运之处,是做研究生时,被古教授赏识。哲学系的年轻老师,本事大的,还有几位。莫明碰到了好机会。哲学系主任位出缺时,正巧,上面提倡干部年轻化。莫明是古教授常常夸奖的青年学者，推荐新主任，他占据了有利位置。在此之后，他腾飞的法道，我就不甚了了，只能凭推测。听校友们说，有领导下来调研教育改革，莫明鞍前马后，跑得辛苦，提供了许多符合领导胃口的素材，最后，他还自告奋勇，奋战两夜，帮助草拟了调查报告，因此甚得领导赏识。嫉妒他的人说，难得的机遇，被擅长察言观色的莫明一把逮住。

他的能言善辩，他的改革胆量，肯定给领导留下深刻印象。领导做报告时讲过，我们的改革大业，需要有政治敏感的有胆量的知识型人才。莫明恰恰是在正确的时刻做出了正确的表现。那位领导，可能是他升迁的贵人。佐证这种传说的，是他本人的言论。在某些场合，莫明偶尔不经意透露一点信息，说他向领导汇报工作，如何如何获得赞赏，受到鼓励。吞吞吐吐，欲说还羞，给人的印象，那种交谈，不是在办公室或会议室的公事公谈，是个别的私下交流。那就神秘了。谁能与领导有私交呢？至于究竟在什么场合发生的故事，莫明没有明说——比明说更加刺激人的感官，且留给你们自己去猜想。

很高明啊。按照报社主编的评论语言，高手，绝对高手。公事私交混杂一起。有问题吗？说不清。没蹊跷吗？也说不清。

反正有结果摆在那里。莫明，腾腾腾上去了，先做副校长，接着主持校务，然后正式担任校长。他的仕途，可能远未到达尽头。传说，莫明在上面的走动很勤，不是只有一个靠山。当校长后，莫明更加起劲地做事，期望别出心裁地立功。"金融危机与哲学视角"的论坛，是他一手精心策划，甚至不惜得罪了他的恩师。

宣布莫明荣升校长的会议上，按例，莫明需要表态。熟悉的仪式性话语之后，莫明大胆地谈了自己的雄心壮志。最后，他铿锵有力地说："请大家给我十年的时间，我会和大家共同奋斗，把我们的大学，建设成世界顶尖的名校。"他的话，霎时间赢得雷鸣般的掌声。第二天，在学校的报纸上，赫然成为头条标题。

后来，我逮住机会，责问过他。我说："师兄，你真敢吹！世界顶尖的名校？十年后，你如何向众人交待？！"他睨我一眼，略带讽刺地说："你的问题，傻吗？你以为，十年以后，我还是在这里吗？"

他如此放肆地调侃，霎时，把我说懵了。在他眼里，我是不谙政治的小女人，故敢大胆吐露心声。我内心惶然。他的地位越来越高，人却变得越来越陌生。

"才女,发什么呆?"莫明突然出现,让我一惊,胸口扑扑地跳。他将我当年的绰号省去一个施字,算他独特的招呼。

柜台后,模样端正的女服务员,迅速跟过来,毕恭毕敬地问:"莫校长,您要茶还是咖啡?"我面前碧绿的清茶,就是她送上来的。她特意说,泡了上好的新茶,因为我是校长贵客啊。

莫明没瞧她,抬起胳膊,扬扬手,示意她快些离开,不要打搅。做领导的派头,修炼得很到家了。

我微微一笑,"在此专门等候校长大人。"

"去,去,你也来这套!"莫明在我对面坐下,"你说来采访?我有啥值得首席记者关注?"

我不想多打哈哈,直接切入主题:"报社确实有采访任务。不过,既然哲学系出了大事,我肯定不能再浪费你的时间。"

"你听说了?"

"本校但凡有耳朵的,均知道啊!"

"你说说看,古教授会去哪里?"莫明单刀直入地问。

我料到他会这么问。他在去机场接

人之前，专程过来一趟，正是为此一问。他聪明而多疑。古教授相信我这个关门弟子，校友们统统知道。他肚子里必然有所猜测，担心我是古教授同谋。我脖子一挺，很有力度地挺直了，沉着地道："我正想问你呢！你个大校长，神通广大，在自己地盘，连老师也照顾不好？"

他脸色一阴，"说话没意思吧？我还能成天在老师家守门？！我忙着办祝寿的事，哪里想到，在这个当口，老师忽然要外出散心！"

他全然不提前日冲撞古教授的情形，我也只能装傻，"该找的地方，均问过？"

他冷冷扫我一眼,"所以也问问你啊。你是教授的关门女弟子,他最信任你!"

我沉住气,摊开双手,"一无所知,帮不了!"

"能找的地方都找了。除去报公安,别的法子全用上。他儿子媳妇还跟我闹,烦死人!"莫明一脸苦相。我猜得出他内心极度紊乱。

说话间,他看看表,"噢,我得去机场了,你郭师兄马上到。晚上,我们吃饭再聊。"

莫明见从我嘴里问不出名堂,转身要走。他走开两步,回过身子,重重地,很有威势地看我一眼，撂下一句有分量的话，"唉，拜托你，一定再找找老师，有消息，快告诉我。记住，不能唬弄师兄！你能把他找回来，给你记大功！"

八

很久以后，我还是没想清楚，如何定义那天的晚宴。

晚宴的规模，最后缩小到三个人，莫明，郭文，再加上我。三人晚宴，那是莫明的刻意安排。外地回来的师兄弟们很多，随便叫叫，两三桌挤不下。他的心思，我一猜便准。担心郭文追问古教授失踪的缘由。堂堂校长,不愿被人看见师弟指责自己的尴尬。古教授桃李满天下,郭文是佼佼者,向来不甘心居于莫明之下。他现在是德国的名教授,腰板硬,不会畏惧校长的威严。

说是鸿门宴吧,不准确。莫明自视甚高,但缺少楚霸王的胆魄和气势;郭文么,书生气十足,亦没有刘邦的狡黠;我更难担当啥角色,范增、项伯之流,均与我风马牛不相及。

说是稀松平常的同门聚会吧,定义也不准确。一落座,就有点针锋相对的味道。当年,古教授评说两位得意门生,莫明才思敏捷,郭文功力深厚。今儿个,两位才俊单挑，面对面角力，我唯有做倾听者、旁观者；偶尔，也是气氛的调节者。

郭文，其形象与名字的落差明显，最为缺乏的，是儒雅的书生风度。他天生黑黢黢的脸庞，下巴胡子拉碴，大嘴宽鼻长耳，乍一看，长得着实粗相。这种造型的好处，是较少被时光磨砺。看上去，他和十年前一般年轻——只能说，那时的他，提前显得苍老。和莫明坐一桌，两相比较，此消彼长；当年的莫明风流倜傥，否则也不会把大四女生迷得晕头转向；现在，莫明额上的皱纹，线路似的，深且密，平日里心思用得太多的缘故。

当郭文在包房门口出现时，我立即笑盈盈起立，款款向前，欢迎师兄。他一见我，丢下陪同的莫明，大步流星走过来。我突然有点儿紧张，左脸的肌肉抽了一下。他在欧洲住久了，担心他习惯了欧洲的文明方式，猝不及防给我个贴面礼。倒不是我过分保守拘谨，因为莫明就在面前，不想让他捞到嘲笑的口舌。好在郭兄处事得体，冲到我面前，收住身子，仅仅规矩地握住了我的手，一句温馨的话语，轻轻送到我的耳边："一回来就见到你，真高兴。"人不可貌相。他外形粗糙，待人接物却相当细致。

饭前,郭文在母校里转过,对目前局势已然清楚。我们在精致的小包间刚刚坐定,郭文就心急地问:"莫兄,怎么回事啊,你倒说清楚,老师去了哪里?"

莫明早等着对方开场,笃悠悠把陈年的黄酒斟满了酒杯,"来来,旅途辛苦,先喝一杯。"

我不想他们见面就弄僵,也笑眯眯举起了小酒杯。郭文性子直,一如当年的脾气,德国的学术历练,没有令他学会含蓄,待我们三人酒杯轻轻一碰,算过了仪式,他又追问:"你们倒是说清楚呀，不要把我堵在闷葫芦里！"

莫明不接话，将一旁的公文包取过来，松开拉链，取出一张毛边纸，摊在了郭文的面前，"你自己看吧。"

我一瞧，是原先压在秘书桌玻璃下的纸条，熟悉的字体，正是古教授的留言。郭兄看罢，沉吟道："不合老师的性格啊。这么大的事情，学生们老远赶来，老师一人出去散心？"

莫明耸耸肩，一脸苦笑，转过头问我："师妹，你说老师演哪一出？"他狡猾，一皮球踢到我这里。我也不含糊，"你是校长，这围墙里面的方圆天地，你法力无边。老师的情况，当然问你！"

郭兄皱紧眉结,看看我,又看看莫明,最后盯住莫明的双眼,不无疑惑地问他:"八成,是你把老师气走了?"

我在心中为郭兄叫好。眼光厉害,分析透彻,一下子就捅到了要害。莫明脸色沉稳,纹丝未惊,悠悠地喝尽杯里的好酒,淡淡答:"你开玩笑啊。我气谁也不敢气老师。我摆那么大的场面,不就是为我们老师争光吗?校内有人讲风凉话,说我利用校长职权,为自己老师祝寿!唉,这年头,做什么全被人看成歪的。小人之心多,君子之腹难!"最后一句话,愚笨如我,也听清楚,是反攻郭兄的。

郭文倒不计较，他只是为古教授的去向伤神。他说："你手下那么多部门，那么多官员，连老师的方向也摸不清？"

莫明说："我一整天就在忙这事。估计很快能查清。着急的，是明天早上论坛开幕。宣传铺天盖地，总不能偃旗息鼓，让大家看笑话吧？"他转过头看我，"你们媒体偏偏喜欢炒这种新闻！"

随即，他双手一拱，"郭兄，无论如何，你得帮一把，明天，我们先把场面撑住，对得起古教授和他门下这么多兄弟。"

我明白了，他低声下气招待郭文，不惜屈尊去机场迎接，目的只有一个，明天的论坛开幕,要郭文站他一边,补补台。明天开幕式,后面的重磅节目,是郭文的演讲,标题醒目:"金融危机漩涡中的文化因素"。想听名教授演说的学子甚多,何况是名满欧洲的学者,据说,明天肯定爆场。这出戏文,莫明无论如何得保住。郭兄的水准,倒不是浪得虚名。他的演讲全文,后来在大学学报上发表,引起广泛好评。文章的主要观点:冷战的突然结束,鼓励了想要终结历史的急躁;人类不终结,历史何来终结?哲学认知上的虚妄,导致决策者头脑的不清醒;决策者的自大与冒进,是诱导金融危机爆发的直接因素。在我看来，他与古教授思维的方向一致，只是游历海外，更具国际视野。不过，那均是后话了。

郭文的思路，并没有被莫明牵开，他再次端详着古教授的留言，一击掌道："老师为啥关照不要寻找？"他瞧瞧莫明，又瞧瞧我，"有蹊跷！他的态度，应该是不想参加明天的论坛开幕，所以顾自散心去，还关照我们不要找他！"

郭文厉害，这一说，让莫明稳不住了，"郭兄，你福尔摩斯啊？想多了！古教授又不是不知道，这论坛一多半是为他举办，为什么不愿参加？"

郭文反问："那你得给我一个理由，

古教授早不散心，晚不散心，单挑眼前这当口，原因何在？"

"是啊，总得有说法！"我帮着郭兄将军，也不怕莫明恼怒。我想看他的薄嘴唇能翻出什么花样。

莫校长不愧是莫校长！他把酒杯轻轻一推，看它在桌面上慢吞吞滑开，长叹口气道："老托尔斯泰晚年为何出走？故事你们均知道。老年人，最怕的是家庭烦恼。师母不在了，儿子媳妇是咋样，你们不清楚？近些日子，越发不像样。教授分明是被他们气走的！"

郭文和我同时兀地一惊。他惊在不知详情，我惊在太知详情。如果不是亲耳听古教授说得端详，莫明的话，也能唬我。莫明的高明，大大超出我的预想。他修炼得可以啊。太极功夫，轻轻一推，就像酒杯滑过光溜的桌面，不露痕迹地转变了方向。

老练如郭兄，一时也被莫明糊弄，他着急地问："古教授儿子闹啥？"

莫明指着我淡淡地说："上午，师妹到校长室，听见的，古教授刚刚外出，儿子媳妇别的不着急，盯住追他的手稿。就是盯着钱。天天不让教授安生，老人烦啊，不出意外才怪！"

郭文瞧瞧我。我一脸苦笑。莫明说的情况没错，我也无法否认。莫明的移花接木，手法高超，我又没法当面揭穿。眼下，我还得装作对教授去向浑然不知。

莫明见郭文无语，笑笑，补充道："其实，古教授儿子追问的手稿，我是知晓下落的。教授的意思，再三关照过，不让他儿子晓得，我没法违背他老人家意愿啊。"

他抛出这个料，奇兵突起，我和郭文均很纳闷，疑惑地盯住他的双眼。莫明不慌不忙，把谈话完全纳入他预设的轨道，"古教授把手稿赠送学校图书馆啦，签下了赠送公证。条件是，在他有生之年，不得告诉他儿子。唉，老人天不怕地不怕，就怕唯一的儿子，闹得他没法安度晚年。我担心啊，老师早晚被儿子闹出病来！"

这件事情，教授没有对我提及。我想，他是不愿意我卷入古家的麻烦。他那个宝贝儿子，属脑子缺一角的愣头，发起脾气来，逮谁闹谁。我明白了，古公子向莫明报案时，校长对手稿失踪相当淡定，原来，他早知道下落，只是不能告诉古公子。唉，古教授夫妇，因为"文革"之中蒙难，当时照顾孩子少，心存歉疚，后来过于溺爱，纵容过头，害得自己吃苦。

莫明的策略完全成功。郭文对师兄的追问，因此被轻松消解。郭文伤感道：

"老师可怜。"莫明说:"郭兄,爱护老师之心,我们完全一致。眼下,一面找老师,一面把论坛场面稳住了,绝不给老师丢脸。"看见郭文默默点头,我想,莫明脸上含而不露,心中却是得意洋洋;这棋局,完全步入了他设想的套路。

九

事情再起波澜,打乱局势,让莫明猝不及防,是在晚餐快要结束的时候。

喝干净杯中的黄酒,郭文黑黝黝的脸膛微微泛红。他向莫明提出,饭后,去学校的演讲厅跑一趟,看看明天论坛现场。莫明哈哈一笑，"我知道郭兄仔细，晓得你的习惯，演讲场地是要提前看过的。不过，这个厅，你我本来熟悉，闭着眼睛就想得出模样。新鲜的，无非是本次会场的背景布置。"莫明说着，从公文包里取出一款平板电脑，摊在了餐桌上。那只厚实的皮包，拎起来沉甸甸，像座随身仓库，藏着莫校长一应俱全的宝贝。大皮包，是在晚宴开始前，由莫明的秘书送到校长身旁。看来，莫明早有预案，晓得郭文会提出什么要求。面对两个老同学，校长的派头还是收敛的，并没有让秘书随时等在隔壁伺候。

　　莫明边开启电脑，边说："我把现

场的布置,统统摄像啦,连讲坛的边边角角均没遗漏,郭兄看看吧,一览无余。现场么,今夜就不必去,管理会场的该下班了。"

郭文见莫明想得如此周到,也不再坚持己见,拿过平板电脑,细细看着。这一看,挑出了毛病。"莫校长,"郭文直呼莫明的官衔,"你的论坛,'金融危机与哲学视角',为什么多出个副题?"

我伸长脖子看过去,果然,论坛的背景布置照片,在主标题下,画了条粗粗的红杠,后面跟着五个醒目的大字:"丧钟敲响了。"是啊,昨天进校门,在招贴栏读到过它，当时，我心里格愣了一下，觉得这副题有啥不对劲，那会心里正乱，没仔细想。郭兄厉害，火眼金睛，一下逮住了。

郭文看定莫明，重复喊他的官衔，"莫校长，你这样做不对，你给我的邀请书上，只有论坛主题，没有这副题。"

莫明感到意外，神色悻悻然，大约是后悔没想到郭文对此发难。他挠挠头，作无辜状，"几个字的副题，严重吗？邀请书早发出，后来才想到要副题。加几个字，目的简单，无非是希望媒体关注。"他瞧瞧我，又把我拖进争辩，"唉，才女，你是搞报纸的，你们记者，不就是喜欢夺眼球的文字吗？"

我恨他老是拉我垫背，就顶他一句，"我只知道跑腿,你大校长的丰富思想,跟不上！"

莫明摇摇头，"毕业好多年，美女脾气还是没有磨掉！讲话这么冲？"

郭文没有理他的打岔，圆睁大眼，坚持说："不行,这个副题我难以理解。"

"我和论坛筹备组商量过，没有人提出异议，大家都说好！"莫明的话，分明想堵郭文的嘴。他的意思很明朗，论坛的名称，该由筹备组拿主张，不劳演说者七嘴八舌。

郭文听出他的暗示，愣了愣，却没

有退缩,他认真说道:"筹备组,当然可以决定用任何名称,但是,我有我的权利。你给我的邀请书,遗漏重要内容。我有充分理由,撤销接受邀请的决定。"他略作停顿,郑重地说:"我从来不在缺乏严谨学理的论坛上演讲。"

郭文说话不紧不慢,声调亦不高,但话语的意思实在厉害,让莫明脸上的肌肉抽搐起来。我赞许地看着郭兄,内心使劲为他鼓掌。他黑黑的脸膛,因为激动,也因为刚才喝的酒,泛起红色的光泽,神情顿时变得生动许多。我不由心生微澜。当初,在哲学系众多追求者中,我也曾瞩目才华横溢的他。为什么没有考虑他而错过？噢，那时，我太年轻，还不真正懂得识别男子！他毫不出众的外貌——坦率地说，是逊于多数男子的外貌，让我做出了排除他的选择……

我的思维，无法在过去长时间停留，旁边，心急火燎的莫明已经高声喊起来："郭兄，你的想法太苛刻了吧！一个副题，值得如此大做文章？"他的神情显得慌乱，绝对没有料到，在这样一个细节上栽跟斗。末了，他咬咬牙，不情愿地补充道："行，我理解你，学理的严谨，德国式的严谨！那么，我们在副题后面加一个问号，表示问题的不确定性。

可以吧？"

我知道，莫明一定要抓住郭文这根稻草，他愿意让步。

郭文还是不肯点头，他看着莫明说："莫兄，我晓得你才思敏捷，点子多。我认死理，不和你搞文字游戏。反正，我不同意耸人听闻的一套。是有金融危机，世界性的严重危机。不过，危机就是危机，与丧钟敲响，是截然不同的概念！做学术的，不能模糊基本界限。"

莫明说："你书呆子气！你尽管照自己的想法说。论坛副标题，不就是为了引人注目？对你的严谨学术，没有丝毫妨碍！"

郭文说:"我可以取消演讲。如果你觉得为难,来回的差旅费,我也可以自行解决。我的态度历来如此,不赞同的事情,我可以不公然争论,但是,我不附合,至少,会选择沉默!"

莫明的脸色由白泛青,牙齿咬得死死的。我知道他在努力克制自己的火气。我猜测,按他的思维,认为郭文存心与他过不去。在他目前的位置上,教授、学者,谁会轻易与之对抗?他听到的全部是顺耳舒心的服从。身边四周,一片恭维的赞歌。他想出"丧钟敲响了"这样的副标题,手下的人,肯定用劲鼓掌,称之为绝妙的主意。很久以后,我才听说，莫明组织的写作班子，在论坛开始之前，早用"丧钟敲响了"为题，拟写了论坛的综述，准备在报纸上发表，以引起轰动效应。郭文的反对，实在是捣他的心窝。在莫明看来，你郭文虽然不拿他的工资，不吃他的饭，但毕竟是同门师兄弟，不给面子，还要挟？！若在平时，莫明咽不下这口气，他肯定吼了，"你不讲，罢了，肯讲的，抢着要讲的，多得是！"

不过，眼下，莫校长显示了过人的智慧与自控能力，终于强行压住火气，脸色由青转白，狂风暴雨收起，语气变得出奇和缓，表示他再次让步，"行，你的严谨，我服了！我们同门同师，有啥事不好商量？明天，你上讲坛前，我保证，拿掉副题！"

莫明向来孤傲固执，所以郭文不相信地问："真话？一言为定？"

"当然，有才女施在此作证！"他又把我拖了进去。今天，他把我拉来陪饭，目的非常明确，尴尬时刻，我就是他转弯的工具。

莫明做人做到如此，够辛苦。古人说，无欲则刚；反过来，有欲则软。

我想起古教授对莫明所作所为的评论：他为啥？不就想博个眼球、挣点高分、捞些本钱吗？俗语说，知子莫如父。

我看,知徒莫如师了!

十

我太熟悉这个报告厅了。

举行硕士学位授予典礼时,它刚刚落成,我们见证了它的处女秀。后来,母校的重要文化活动,多半在其间举办。这是座中型报告厅,阶梯式,坐三五百人不显得拥挤。座位有软垫软靠,屁股和脊背均觉得舒适;过道宽敞,相向而行的人流不会碰撞;空中悬挂着德国造的扩音设备,一般的音乐会完全够对付;全木板的墙面,延伸到高高的穹顶,四处安置了精致的壁灯，木质呈浑然一体的棕红色，显示高贵的气派。这里经常举办本校高级别的讲座或讨论，凡国际背景的学术活动，更是努力挤进此报告厅的节目表。

既然是莫校长亲自抓的学术研讨，在这个有身份的报告厅举办，是早就确定的格局。昨天到校时，大雨刚过，我驱车欣赏母校雨后的景致，已然发现，海报张贴，宣传广告，早就散落在校内校外。古教授的失踪，是昨天突然发生的事件，莫明来不及做应变的方案，由着那些海报四处招摇。各路来宾，其中有几十个海外学者——大多是古教授的学生——刚刚飞抵本地。你智商再高,也想不出消解这尴尬局面的妙策。

好在我的大师兄久经官场,最关键的补救措施还是采取了。早上,在早餐厅一见我,他便苦笑着告知,清晨,他直接给顶头上司打电话,央求教委的领导无论如何取消原定计划,不要前来出席讲坛和为古教授祝寿的活动。他在电话里获知,有一位市级老领导原打算到场,亲自向古教授祝贺,当即惊出一身冷汗,只得再三拜托教委领导千万挡驾,事后他自会当面向老领导解释赔罪。我听他絮絮叨叨,心中暗自好笑。放下电话时,莫校长的内衣估计汗湿了一大片。

他本来肯定希望来的领导越多越好，级别越高越妙。现在呢，唉，被可爱的古教授害惨了！

  领导挡住了，场面还得撑啊。进得会场，我坐在头排，静观师兄表演。记得古教授曾经感叹，莫明志不在学术，浪费天资，将来必然后悔。他说此话时，莫明刚提任副校长。莫明来报告好消息时，古教授摇头道，你执掌哲学系，若还想在学术上有造诣，已经不容易，何必再往高处去？莫明悻悻然，没有吱声。其实，我早就知道，莫师兄的心目中，哲学是当今社会的弃儿，做不出啥名堂，所以他一心要到官场上出人头地。有一回，校友的饭局上，喝了几杯，他吐露真言，说是在官员面前做学者，在学者面前是官员，进退自如。哲学已死，他无意殉葬。这些话，我不敢在古教授面前捅穿了，伤老先生的心。老先生一辈子的情感，全维系在学术上啊。

我四处张望，没有郭文的身影。问了张罗会务的学妹，说是他不参加开幕式，在旁边贵宾室准备讲稿。郭兄做事实在是一丝不苟。凭他的功底，还需要反复推敲讲稿？人的心思用在何处，真有天壤之别。难怪天资出众的莫明，已经多年不发表学术论文。他的天赋，在别处消耗掉了。

主持人宣布会议开始，由校长莫明先生致辞。闹哄哄的报告厅霎时安静下来，会场里向来难免的嘤嘤嗡嗡悄然隐去，现出可怕的沉寂。我心里很清楚，那不是对新任校长的恭敬，是一番阴冷的诡异。我相当熟悉本校各种会场的状态，有嘈杂是正常的，没杂音是不正常的。学子们很挑剔，只有他们真正崇拜的学者登场，才肃然起敬；更没有敬畏非学术权威的习惯，行政首长登台，照样肆无忌惮地窃窃私语。眼下的寂静，应该是且看校长如何圆场的全体默契。古教授失踪的消息，在本校已经成为天字第一号的新闻，现场哪一位人士，会愚笨到一无所知？

　　莫明从座位上站起，西装把身材勾勒得相当挺直，连发福的肚子也被收紧消失。他不慌不忙，稳重地朝台上走去。他心里不踏实，脚步依然是训练有素的稳健，让我由衷佩服他的心理素质。

　　台上的会标，现在，只有一溜大字高高地挂着，"金融危机与哲学视角"，给人的印象，是美术设计不到位，那些字显然贴得太高，下面空荡荡，会议主题悬空突兀，找不到立脚的支点，非常不自然。我晓得不协调的原因，并非美工设计时喝多了。下面本来还有两行字。一行是副会标"丧钟敲响了"——这副会标是莫明的神来之笔，他懂新闻采访的诀窍，要用醒目的言辞吸引记者眼球，以便在媒体上博取关注。如古教授指出，莫明搞这个论坛，不就是为自己的新职务争分吗？在媒体上炒一把，是捷径啦。谁知，他花大力气从欧洲请回来的郭师兄不买账，坚决反对此副题，强调丧钟敲响的形容纯属臆想。莫校长不得已兑现饭桌上的承诺，很不情愿地让手下拿掉了副题。

　　这是莫明学了韩信的隐忍，胯下之耻呗。古教授已经离奇失踪，如果郭师兄再罢讲，莫明天大本事，也难以收拾此论坛的局面。会标删去的另一行大字，当然是"祝贺古教授学术生涯六十年"的字样。据管会场的人说,直到今天清晨,莫校长才决定把祝寿的字样拿掉。他的心思,我一猜便知。人不在场,圆谎也难,何苦自己找难堪?

讲坛上,三支话筒正对着莫明的胸膛。我产生古怪的感觉,那玩意仿佛三杆直筒筒的枪啊。向来以语言为骄傲为强项的莫明师兄,今儿恐怕心虚,难以口若悬河地滔滔不绝。

为古教授祝寿的会标可以拿掉,为古教授祝寿的话语还是不得不说。全世界均知道莫校长为自己的恩师忙活了几个月,他被顶在杠头上啦。师兄的眼圈发黑发青，大约是整夜难眠，我想，莫明的迟疑，是在斟酌百般无奈的措辞。他总得给大家一个说法啊。

莫明在话筒前的呆滞，其实只有短短二三十秒，但是，无论对台下的听众，还是对他本人，均显得无比漫长。这种巨大的时差感，大概只能用爱因斯坦的相对论才能够解释。

莫明清清嗓门，"尊敬的各位来宾，老师们，同学们——"他终于慢吞吞开口时，台下，竟然骚动起来，先是轻微地有人惊呼，紧跟着，那声响汇成一阵呼啸，哗哗地从阶梯报告厅人群的头顶滚过，像是有人发出"向左看齐"的口令，所有的视线，统统投向左侧前方。那里，原本有一道门，为了保持会场的安静，会议开始后已经关闭。现在，门被打开，室外的日光，敞亮地投射进来，照出了门口的景象：礼仪小姐，笔挺的身子弯成好看的柳条形，恭敬地迎进来一位人物。

众人皆醉我独醒。几百到场者，只有我会心地微笑着，丝毫不感觉意外。起床前，我与古教授通过电话。他的手机关了，但是，宾馆是我为他租的，我当然能找到他。我恳求教授，今天需要他露面。教授倔倔地说，我不参与莫明的勾当。我劝他，您得顾及那么多的学生啊，大老远的，世界各地飞回来，见不到老师，大家着急啊。古教授说，我到场，不就是表示与莫明合作吗？听他口气和缓，我赶紧劝道，您失踪几十小时，已经表明态度；再说，您出现了，也一样可以有不合作的态度啊。我向他报告了郭兄的高明，逼着莫明拿下论坛的副题。教授听罢，气恼地说，莫明实在荒唐，小心眼太多。电话结束时，古教授答应考虑考虑我的请求。按他的脾气，那就是基本恩准了。我随即关照无锡阿姨，说我会在饭店的前台为他们预定车辆，出门前问一声即可。我劝教授回来，不是为了替莫明补台。昨夜，我回房间睡不着,手机上的信息铺天盖地,聚拢到学校的学长学弟们忧心似焚,为老师的不知去向担忧。我是知情者,又不便明说,心里着实不安。

此时,莫明的视线也离开话筒,被台下的骚动吸引,不由自主转到了众人目光投射的方向。他的眼睛眯起来,似乎被门外耀眼的光线刺了一下,身子下意识地打了个寒战。不,光亮难以令强大的莫校长颤抖。他应当看见了出现在门口的人物:矮小瘦弱的老头,套一件我熟悉的蓝布衫,戴了顶让我觉得滑稽的鸭舌帽。在大街上,谁也不会对如此普通的老头多瞧一眼。不过,眼下,他是唯一让莫大校长又畏惧又紧张的老先生。

莫明的脚挪动开来,他分明想要下台迎接自己的恩师。确实是他的恩师啊,古教授再次拯救了处于灾难场景的莫明。我的反应比他快,距离也比他近,我迅速奔到门口,搀住了古教授的胳膊,把他往前排正中的空位引去。我朝莫明挥挥手,示意他不必下台,继续他的演讲。我看见他投来感激的目光。他误解了,我不是帮衬他的天使,仅仅是不愿意他假装亲近地靠拢古教授。教授率真,不喜欢做戏。我挡住莫明,是为了避免引起老先生的反感。

在我搀扶古教授的当口，全场沸腾起来，所有的男男女女均起立热烈鼓掌呐喊，我听见有男生带头高喊"古教授生日快乐"，很快，发自大家内心的呼喊，此起彼伏，回荡在报告厅的穹顶之下。古教授不失幽默地摘下头上的鸭舌帽，轻轻地向他的学生们挥舞。

古教授的突然出现，对他的学生们而言，犹如珍贵的宝物失而复得，能不欢欣鼓舞吗？我附在教授耳边，轻声说："我劝您到场，没错吧？"他淘气地撇撇嘴，露出天真的笑容。我看得清楚，他眼圈里闪出隐约的泪珠，他被自己的学生们感动了。为了掩饰，他使劲挥动鸭舌帽，小小的帽子，在他脑门前高高地画了个圈。我这时终于明白，滑稽的鸭舌帽，在特殊的场合，也可变成高贵仪式的工具。

危机消解，台上的莫校长，迅速调整了情绪，脸庞上重新泛滥起自信的光泽，声调也回复到平日的洪亮铿锵。他说，今天，是哲学系和本校光荣的时刻，海内外知名的古教授，从事学术研究和教学工作六十年；他说，在这个重要的日子，我们举办重要的国际性论坛，意义无论如何估量均不会太高；他说，我们从哲学视角分析本次全球性的金融危机，是学界的一大创新——我吃惊于他的转换速度，从一脸窘迫到神态自若，立刻恢复了惯常的口才，完全脱稿，话语如庐山瀑布，面对全场，倾泻而下。

莫明的连珠炮一炸，我耳朵就轰鸣得难受。我的目光转向旁边的古教授，随手把一瓶矿泉水递过去。老先生倒安逸，均匀地呼吸着，面对学生的语言轰炸，他脸容平静，无动于衷，这种定力啊！我把水瓶捅到他胸口，他也不接。

噢？细细一瞧，我分明看错了！古教授的无动于衷，实际是老人淡然入睡的安详。教授的入睡本事，我在做他的研究生时就领教过。午餐后，他的屁股一碰到个人专用的藤椅，想睡就睡，几秒钟工夫，就去了苏州。不过，在正式的会议上打瞌睡，从来没有发生过，至少，我没有看到过。讲究修养道德的古教授，注意公众场合的形象，肯定不愿做出如此不合适的行为。

不过，此刻，他真的睡着了。

在莫明抑扬顿挫的雄辩声中，古教授安坐在报告厅第一排正中位置，旁若无人地睡了。我起初还猜他是假寐，后来觉得不像，他呼吸声轻微而匀称，眼睫毛纹丝不动；滑稽的鸭舌帽略微顺前额滑落，帽檐遮住了台上刺目的灯光。古教授确实在学生云集的会场中睡熟了，甚至发出了婴儿般的鼾声。

他这样的年龄，他如此的成就，谁有权指责他？不应该强求他在公众场合演出，他可以拥有想睡就睡的特权。

我瞧瞧台上的莫明，用手指点点身旁的古教授，又做了个手势，示意他的嗓门别太高昂，吵了老师的休息。精明的莫校长，也终于发现了台下恩师的异样。他的滔滔不绝，被急刹车般打住，嘴巴张开了一条缝，满脸尴尬，双目现出少有的茫然无措的神色。

我心中泛起苦涩的滋味，为台上台下的师徒俩一声叹息。哲学的瞌睡？此刻，是哲学泰斗的瞌睡！

好在,瞌睡总是瞌睡,不会过分长久。

创作谈：为什么瞌睡？

《哲学的瞌睡》发表后,关注度超出我的预料。转载次数较多,评论推介持续了很长时间。由此也引出麻烦。有朋友挖苦道:"你是学中文的,应该写《中文的瞌睡》,为什么拿我们哲学来调侃?"其实,我向来仰望哲学,哪里敢调侃?在我心中,哲学处于思想文化的顶层,思考任何问题,都逃不开哲学的牵引。下乡那些年,我花工夫苦读过哲学方面的书籍,单单是恩格斯论德国古典哲学的名著,就反复读了十几次,在书页上记录的心得,写得密密麻麻。不幸的是,近若干年来,哲学问题,在社会大众视野中,渐渐边缘化。其实,文学的境遇，也相差无几，惺惺相惜而已。

　　搞文学的，本来没有能力，讨论抽象的宏大议题。我们善于表达的，仅仅是对生活细微的体验和由此生发的想象。我们这一代人，对上世纪下半叶的磨难，记忆清晰。少年时代，一场历时数年、席卷神州的灾荒，令我们深深懂得饥饿的恐惧。青年时代，蔓延十年之久将全国民众卷入漩涡的所谓革命，又让我们切身体验到社会动乱之苦。民众的愿望，在上世纪七十年代后期，也就是那场名曰"文革"的混乱结束的时候，显得清晰而简单，大家盼望国家恢复秩序，普通百姓不再为基本的吃穿生计发愁。这种广泛的民意，是动乱迅速结束的基础。而后，经济开始恢复，社会逐渐清明，直到走进充满活力的市场经济，正是渴望摆脱贫穷、追求国泰民安的大众意愿的延续。

新的毛病，新的困顿，几乎伴随着欢呼胜利的喜悦同时降临。盲目平均的社会，肯定缺乏强劲的发展动力。只有在贫富的对照中，在先进与落后的比较下，多数人的创造力，才会十倍百倍地激发出来。上海年轻人结婚，在上个世纪，有一处能够安放大床的亭子间，就心满意足，如今，看到大平层小别墅，婚房安置在普通的小套房里,都觉得寒酸了。人的幸福感、满足感,更多地来自于相对的比较和联想。市场经济,原动力是充分激发民众追求幸福生活的创造力,这种创造力天然地和人的欲望结合在一起。贪欲是历史发展的杠杆之一,恩格斯在评论德国古典哲学时,冷静地承认了这个事实。在社会迅速发展、经济体量日益庞大的同时,欺诈、腐败、贿赂、暴力、色情,凡此种种,也渐渐成为显性的罪恶,和原先相对简单的社会境况比较,犯罪分子似乎增加了无数倍。

社会没法倒退,不能为了消除这些

罪恶，而退回平均主义的简单形态。社会唯一能够选择的出路，在于强化法治，无法期望根除罪恶，但是可以压制罪恶的蔓延，使社会在高速发展的同时，保持基本的健康。

那么，作为社会的个体，比如，社会的知识分子们，应该做什么样的选择？是为了迅速致富，不顾廉耻地挤上疯狂争抢的班车，还是清醒地保持自律，洁身自好？即使你没有能力直接反抗恶行，但绝对可以做到，不趋炎附势、随波逐流！我想，小说《哲学的瞌睡》，仅仅在做这个侧面的探寻，而无意也无力回答更为广阔的命题。

有人认为，爱情与死亡，是小说永恒的命题。我赞同这种见解。此刻，我想补充，表现当下生活，也是永恒的命题，并且，是很大的是难题。难在何处？人的视线有它天然的轨迹，太远太近，均可能导致模糊。对于长篇小说而言，这种难度相当大，因为长篇小说一般展现广阔以及深远的故事，需要广角或者长焦的视野，过于接近，容易看得混沌。因此，关于当下生活，中短篇小说需要承担些责任。写不写当下生活，与写不写爱情和死亡一样，是写作者的自由。我的文笔比较粗疏，对写爱情死亡之类需要细腻表现力的题材很吃力，因此常常选择当下生活来练笔——这么说,露出个破绽,好像当下生活就不需要写得细腻。请大家谅解,这种说法本身,正是我粗疏的暴露。

《哲学的瞌睡》,表现了当下知识分子的某种困窘。多年前,我曾经到过某个最高学府,是带着一种崇敬的心情去拜访。那是冬日的夜晚,寒冷的空气中,到处飘散酒肉饭菜的气味。我并非认为,知识分子需要清高到远离酒肉,我没有那么迂腐,但是,堂堂的最高学府,到处灯红酒绿,沿街全部破墙开店,终究大煞风景(听说后来被纠正了)。那个寒冷的冬夜,我突然有些热泪盈眶之感。

　　种种令人伤感的问题，纵然与改革转型过程中的失误有关，同时，不可否认，在走向市场经济的艰辛之路上，大学中身居高位的某些知识分子，忘记本心，推波助澜，亦是难逃责任。这篇小说批判的锋芒，绝对不是针对哲学界，也许，社会科学方面较多的毛病，发生在与市场经济联系更为紧密的若干学术领域。小说，仅仅是需要一个方便展开故事的平台。

　　针对知识分子的异化，针对面临经济大潮时内心的失衡，我展开了叙事。哲学泰斗的高足，已经位居大学领导的要津，内心还是不满足，期望借为恩师祝寿的机会，搞一场名利双收的闹剧。哲学泰斗不愿意成为学生的玩偶，于是突然出走失踪。不过，他很快发现，自己遍及天下的桃李，此时已经聚集于母校之中，渴望见到师尊。老教授顾念弟子们的真情，不得已，只好返回了学术论坛的现场。显然，老先生有点狡黠，或者说，是阅世深刻后具备的智慧，他以特殊的方式，表达了对异化的高足的反抗，在那位校领导得意洋洋开始演讲的当口，老人在众目睽睽之下，酣然入睡。老先生没有振臂一呼，当众让学生下不了台，不过，他"世说新语"

式的独立姿态，会长久地烙在遍布天下的门生心中，成为他们为人为文的镜子。

故事很简单，并无惊心动魄之处，我承认自己想不出更加精彩的情节，想不出虎尾凤尾式的结局，只是用了点冷淡而幽默手段。对于一部几万字的小说，它的使命似乎仅限于此了。

经济发展，有自身的逻辑：停滞、复苏、增长等等，全部是自然之态，任何外力干预，包括政策调节，仅仅引起速度的变化。文化进程，同样如此。当某些方面瞌睡的时候，坚信其会苏醒，会重新活跃，并且知其难为而为之，努力促使这一天加快到来,才是理想主义的光彩。

孙颙

2022 年 1 月

附录：评论两则

哲学的瞌睡与瞌睡的哲学

刘观德

最近读了孙颙的小说《哲学的瞌睡》,甚是兴奋。

某大学代理校长莫某,以借为哲学系泰斗古教授八十寿辰贺寿之名,欲举办哲学与金融联姻的学术报告会。因古教授执著的学术良心,与莫校长的矛盾冲突发生了:临近会议召开,会议主角古教授突然失踪了!会议陷入尴尬境地。故事刚开始矛盾已激化,似入高潮。矛盾的过早激化给故事的结局提出了难题。读者翘首以待山外之山,作者却陷入了山重水复之窘境。写作中作者常会遇到这样的情况。据说作者写到这里也曾经一筹莫展,踌躇了两三月之久。作者焦虑的思考显然获得了厚报,故事很快有了柳暗花明的发展:正当哲学界众多学者及"海龟"高朋满座,会议上不能、下不得的时候,古教授又出人意料地突然出现在了会场。主人公前面的躲避和眼下的现身,虽然一百八十度大转弯,仔细想来却是自然而合理的:躲避出于老人对学术纯洁性的尊崇,出于对市场腐蚀学术的抗拒;出现则是人情世故对老人的掣肘,情谊对老人的挽留。哲学界众多学者与弟子云集,老人不露面是有违传统礼仪的。躲避和现身都合于情理。因老人的出现，矛盾双方立即换了位。主动的被动了，尴尬的顺畅了，这无疑是作者给自己又出了一个难题。猜想故事的结局，老人是一定要凯歌高奏班师回朝的。可是处于如此被动境地的古教授如何扳回这一局，却是个大难题。拆台闹场显然不是大学者的做派和风度，而妥协低头更非老人执著秉性所能容忍。于是哲学瞌睡了。古教授在高朋满座为他贺寿兼哲学与金融联姻的学术讲演大会上，呼呼瞌睡起来。奇哉妙哉！让人有绝境逢生享受到文学愉悦之感，不亦乐乎！我以为此细节为全篇之龙睛,仅此一笔,人物活了,故事活了,全盘都活了。小说给读者留下了完美的感觉。哲学和教授都以人生理上的一种普通现象——瞌睡,而获得了境界的升华。也许有人认为古教授在这种场合瞌睡颇有些荒诞,其实这正是文学想象力的可贵之处。

或许有人认为古教授的瞌睡没有与对方形成直接冲突,而有消极之嫌,其实不然。这让我联想起作者另一部小说中的"拍卖师阿独"。阿独是拍卖行老资格的拍卖师,凭他出众的专业技能,在拍卖行可以吃香喝辣,名利双收,可是在他目睹拍卖行为富不仁的污秽环境之后，自知无法补天，便果断离开了拍卖行。我们有充分理由认定阿独不是逃避，而是不愿同流合污、助纣为虐。古教授的瞌睡和阿独的出走可谓异曲同工。而古教授的瞌睡与阿独的出走相比，更显得形象幽默。故事到此完美结束，给人留下愉快的微笑和回味。

哲学的瞌睡很自然让我们联想到了瞌睡的哲学。从前，我们实行高度的计划经济，市场成分很少，严重地阻碍了经济的发展。随着改革开放的不断深入，经济的市场化越来越大，但是哲学的一条最基本原理告诉我们，真理向前多迈一步就会变成谬误。任何事物的发展都应有度的约束。很多领域的市场化程度并不应该很高,甚至原本就不适合市场化。作品说到的哲学只是一例,还有教育、文化、艺术,以及社会科学等等很多领域,不适当地完全推向市场都是有害无益的,而事实上我们在这些方面似乎都已经走得很远了。因为环境影响以及各领域自身的种种原因,很多领域被边缘化,处于休眠或瞌睡状态,甚至濒临消亡,这是我们面临的严峻现实。但我们可以肯定地说,它们的存在对于人类文明无疑有着重要的价值和意义。而由此引出的问题是,面对这样落寞的现实环境,我们应取什么样的态度。是为个人利益同流合污，与之共舞，一起热闹，还是为维护这个领域的纯洁性而甘于寂寞孤独？小说中古教授的瞌睡无疑作出了很好的回答。作品的思想无疑有着重要的现实意义。

别样的隐喻

来颖燕

孙颙天性爱思考,这一特质幻化成了他的文学创作乃至生活的底色,一如他曾经的散文集名《思维八卦》。思绪落在纸上,铺展开来,汪洋恣肆,无所不及,如八卦之象。二〇二一年二月号《上海文学》上发表的小说新作《哲学的瞌睡》,更秉承了他一贯的文脉,多面地呈现出他思考者的姿态。

故事在德高望重的哲学系老教授的一群弟子中展开——汲汲于名利并已身居高位的弟子莫明意图以庆贺教授生辰

为名，组织一场哗众取宠的国际论坛。众人对此反应不一，而一生只爱学问的老教授当然是鄙夷不满的。面对这一场已势在必行的闹剧，可爱的老教授竟然选择了离家出走……

作者选择将笔墨落在这群以思考为业的哲学系师生之中，直白地显露出他对思考者身份的忧思，以及当下思想何为的质询——本该是最为形而上因而也最为纯净的思想界，也已经无法脱离社会风气的泥淖。但站在思想的高地，需要将自己的经验和经历扯碎，化成具体的情节来安放。于是我们在虚构的故事框架中撞见了许多曾经擦肩而过的人物和情境——大学校园里的游戏规则、为了迅速拥有优渥生活而放弃学术理想甚至家庭的文科男、为了争夺父亲的墨宝而丑态百出的子女……只是触及这些细节，在我看来作者的用意并非只是为了揭露和批判，他的笔调平和，这些所谓的丑恶都已经镶嵌在了生活的现状之中，义愤填膺只会显露出短视和无用的义气。于是作者选择直面，并且平静地直面。这样的格调呈现出的是作者惯有的思辨状态，也令小说别具一种戏谑和反讽的意味——他并非只是要做一个道德上的说教或者审判者，他要探寻的是如果周遭的一切已经如此，我们该当如何自处？

所以，孙颙为这场看似无法收场的闹剧安排了一个喜剧性的结尾：老教授最后不愿让学生们担心，还是来到了论坛的现场，但却在莫明激昂又冠冕的演说声中打起了瞌睡。

低调的幽默，显露出天真又老道的处世智慧，让人在无奈和叹息的缝隙中瞥见了生活的意趣和曙光。这种反讽性的幽默在孙颙的小说中并不鲜见，但大多深埋和潜藏于小说的脉络之间，不似此处的直露和淋漓。

小说的架构和写法往往暗示着作者对于小说这一文体的看法，而作为思考者的孙颙对于情节的巧心安排，则透露出他对"思考"这一行径的意义探询——小说中的老教授写了一本名为《哲学的瞌睡》的著述，而这篇小说本身也被命名为《哲学的瞌睡》。这五个字，就像是暗伏于小说的脉络，忽隐忽现，又无处不在。"人类思想潮流，若干年形而上多些，若干年形而下多些"，小说中，作者借老教授之口对这五个字所作出的唯一解释微言大义，点到为止，其中留白费人思量，一如阿多诺所说："如果哲学有任何定义的话，那就是一种努力，努力说出不可说的事物，努力表述不可界定的东西。"及至结尾，这五字又化为一种具体而微的情节——从题目到小说中的书，再到最后的结尾，"哲学的瞌睡"前后呼应而恰到好处地构成了一种互文，它们互为现义，互为阐述，但更重要的，它们不仅令小说获得了整体性的隐喻特征，也构成了对于文本之外的世界的一种象征。于是现实和虚构之间的界限开始消融，开始呈现出它们共时的结构。

弗吉尼亚·伍尔夫曾经在谈到艾米丽·勃朗特的创作时说："她必须正视别样的生存状态，与种种事物的表面结构打交道……因此，我们得以攀登上这些感情的顶峰，不是由于什么豪言狂语，而是因为听见了一个女孩儿在树枝间一面摇摇荡荡,一面唱出了几支古老的歌曲……"如何在抽象思想的表述和具体细节的描绘之间寻得平衡点,是每一个小说家尤其是其作品富含意念之时,要不断探究的。孙颙的新作依然是在这条道路上行进着,依然是未完成的状态,但这一追求已然更为自觉。

忽而形而上,忽而形而下,小说中这句形容人类思潮的话,仿佛就是孙颙小说创作历程的隐喻。

图书在版编目（CIP）数据

哲学的瞌睡/ 孙颙著. -- 上海：上海文艺出版社，2023

ISBN 978-7-5321-8404-0

Ⅰ.①哲… Ⅱ.①孙… Ⅲ.①长篇小说－中国－当代

Ⅳ.①I247.5

中国版本图书馆CIP数据核字(2022)第130178号

发 行 人：毕　胜
策 划 人：李伟长
责任编辑：李　霞
装帧设计：杨　鑫

书　　名：哲学的瞌睡
作　　者：孙　颙
出　　版：上海世纪出版集团　　上海文艺出版社
地　　址：上海市闵行区号景路159弄A座2楼　201101
发　　行：上海文艺出版社发行中心
　　　　　上海市闵行区号景路159弄A座2楼206室　201101　www.ewen.co
印　　刷：上海盛通时代印刷有限公司
开　　本：787×1092　1/32
印　　张：5
插　　页：5
字　　数：40,000
印　　次：2023年3月第1版　2023年3月第1次印刷
I S B N：978-7-5321-8404-0/I.6633
定　　价：52.00元
告 读 者：如发现本书有质量问题请与印刷厂质量科联系　T: 021-37910000